JN024434

樟若葉

Kusuwakaba
Goto Kiichi

後藤帰一句集

深夜叢書社

樟若葉　目次

一、日が落ちて……7
二、昇魂の碑の上に……53
三、揺れやまざるもの……89
四、六根清浄……125
極楽の文学と極楽の武道――少し長い後書……172
季題別索引……176

カバー装画――岩崎灌園『本草図譜』より
装丁――髙林昭太

句集

樟若葉

くすわかば

後藤帰一

一、日が落ちて

動くもの動かぬものに初日影

湧水の清き音立て今朝の春

淑気身にまとひ卒寿の師の演武
師の声に力のこもる初稽古

始まればたちまち無心寒稽古

見るひとも膝を崩さず寒稽古

群るることなき寒禽の声高く

探梅や小流れに沿ひ雲を追ひ

早梅のささやくやうに香を放つ

よき流れにはよき調べ猫柳

川少しきれいになりぬ柳の芽

人の眼の火の色となる野焼かな

白梅や道の入り組む城下町

東京に原つぱ残り春の風

無事に過ぐ日々こそよけれ蜆汁

ねばならぬことのあれこれ山笑ふ

高々と辛夷が村の入口に
見事なる蛤一つ潮汁

禁戒にあらず春眠貪るは

傘をさす手の美しき春の雨

鳥交る人間ゐてもゐなくても

日が落ちて何かが宿る桜かな

おのおのの色もて群れず山桜
花を見て花に浮かるる人を見て

散るさくら風がやんでも散りやまず

散る花に潔さなど求めざる

子雀を見てゐれば来る親雀

山荒れて藤生きいきと木に絡む

春の蚊を侮りをれば刺しに来し
無為不言無為不言とぞ亀の鳴く

初夏の風の萬里を行くごとし

遠目にも清々しきは栃の花

樟若葉神苑の気を一新す
生きかはる鎮守の神や樟若葉

二男夫婦に長男誕生

風薫る赤子泣いても笑つても

ただ厚く切るのが流儀初がつを

十薬の一花を活けて部屋を出ず
まつろはぬ民の地ここに山法師

雨音を聞いて一日黴の宿

須磨明石までは読みたる梅雨籠り

梅雨晴や子等も蝶々も原つぱに

木も草も黒々として梅雨長し

行ならむ実梅の雨に打たるるは

二男夫婦に長女誕生

抱けばすぐ眠る赤子や麦の秋

胡瓜もむ曲るも育ち過ぎたるも

暮れ残る空縦横に夏燕

あるだけの雨を降らせて梅雨あがる

過不足がなくて涼しき話かな

夕涼み水の匂ひのする方へ
半眼で信号を待つ日の盛り

遠来の客に土用の蜆汁
蟬鳴くや腹を凹《へこ》ませ膨らませ

めいめいに啼いて一つに蟬の声

蓋世の気を以て鳴けり油蟬

火のつきしやうにみんみん啼きだしぬ

暗き空より病《わくら》葉《ば》がまた一つ

透明なこころとからだ今朝の秋

勢ひをつけてつくつく法師かな

秋蟬の声の昂ぶりては細り
新涼やさらさらと血の流れたる

一箱の桃の匂ひが部屋中に
いろいろに咲くおしろいの花の色

勇ましき言葉はびこり秋暑し

薄き身を風に任せて秋の蝶

澄む水の流れに沿ひて人住める

この峠越えれば尾瀬や吾亦紅

秋霖やものを思へばきりもなく
よき言葉こころに酒を温めむ

来る気配ありて小鳥の来りけり

落鮎を焼く黄昏の川原かな

ジパングの都の銀杏黄葉かな

紅葉かつ散りて大気は澄み渡り

東京の空まさをなる冬来る
丹田に満つる力や今朝の冬

おのが色極めて紅葉散りにけり
時はとどまらず木の葉は散りしきる

武蔵野の木の葉一気に散り尽くす

木の葉散り尽くして空の深々と

一木も残さず枯れて清々し

一院を埋める銀杏落葉かな

老いてなほ求むる新味芭蕉の忌

駅前を人の去りゆく時雨かな

まだ道をゆく人のあり小夜時雨

嚔《くさめ》して開く貧乏物語

話したき人は遠くに冬銀河

日向ぼこ明日のことは考へず

祀られぬ神を抱いて山眠る

年の夜の時の流れの見ゆるかに

二、昇魂の碑の上に

春雪の泥を飛ばして空のバス

富岡製糸場

咲く花の色に明治の赤煉瓦

桑を摘む音の近づき遠ざかり

牛のやうに歩く牛飼ひ閑古鳥

麦焼のけむり榛名の雲となる

老鶯の谷間は空家ばかりなり

日航機墜落事故一周年の御巣鷹の尾根三句

昇魂之碑の上にまた黒揚羽

山は灼け香煙いたるところより

夕焼くる尾根の墓標にひとびとに
桑の葉の散るや淋しき音を立て

墳丘は削られ桑は枯れ果てて
上州の風にも慣れて根深汁

妙義山二句

さざえと雪の石門ありにけり

奇峰いま霊峰として雪まとふ

春立つや子に美しき蒙古斑

暖かや母が笑へば子が笑ひ

春めくや麒麟の顔は風のなか

奥多摩の山むらさきに春しぐれ

宴果て冴え返る夜となりにけり

海山の睦みて伊豆は暖かし

東京武蔵野市・月窓寺二句

喧噪を断つて一院花の雨

月清し玄奘像の歩むかに

チューリップひとびとはみな笑ひける

葱坊主小島の空の大いなる

水槽に踊る一日桜烏賊

吉野

杉の香や含めば甘き苔清水

合気道月窓寺道場四句

道場は禅寺のなか風薫る

爽やかや師の技四方八方に

二時間の禅に始まる初稽古

受身とる畳に落花二三片

手より砂こぼるるやうに椎落花

はひはひのすぐ行き止り梅雨の宿

五月雨や一基欠けたる古墳群

浴槽の底に水鉄砲が二丁

奄美大島を経て上海へ

満天の星の涼しき船の旅

帰国子に植田の風のすがすがし

蝉しぐれ小さな森を膨らます

凌《のう》霄《ぜん》や子に食休みなどはなく

日盛りに出てわが心とり戻す

炎天に風吹く隙間なかりけり

みどりごの乳房はきだす暑さかな

母と子の寝息は一つ夜の秋

法師蟬しまひは経を省くかに

湧水の豊かに秋の蚊もどつと

宮城・金華山二句

鹿の糞踏みつつ黄金山詣

だしぬけに山毛欅《ぶな》の陰より鹿の角

姿よき秋刀魚の焼かれ昼の酒

秋水を滑るがごとく鮠の群

一草もなき火の山に秋の蝶

がじゅまるの気根の乾く秋日和

阿蘇二句

草架の飛べるカルデラ径六里

穂芒や馬優先の阿蘇の道

秋高し転び上手に歩きそむ

鳶の輪の上に鳶の輪秋高し

長き夜を玩具の電車廻りをり

ドイツ三句

ポツダムのビルの弾痕雁渡る

秋高しラインの岸を牛の群

深秋や床板きしむゲーテ館

日を吸うて熟柿いよいよ膨れたる

雨音の裏側に聞く秋の声

親不知抜いて秋冷ひしひしと

横向きに仏頂面の榠《くわ》樝《りん》の実

烏瓜日のある限り日のなかに
日と風に遊んで芭蕉破れそむ

冬の蚊に話折られし二人かな

息白し血の気の多き身より出て

葱を抱く後ろ姿の美しく
北風の磨きあげたる空の青

三、揺れやまざるもの

大いなる鳶の輪ひとつ初御空

幸福の國の使者かも初雀

恵方へとそれぞれ己が影を曳き

臘梅のとろけさうなる日和かな

雪だるま一つを残し雪解けぬ

一番星爛々として冴え返る

水戸偕楽園・梅三句

子規句碑に紅白の梅枝のばす

濃く淡く三千本の梅匂ふ

吹かれても吹かれても梅香を放つ

下萌や主に似たる犬の顔

砂浜を濡して海へ春しぐれ

霾《つちふ》るや途切れ途切れに鳶の笛

春雨に濡れておのおの句座につく
もろもろの音の消えゐし花の冷え

蛙鳴く水郷の夜を揺るがして
心まで濡れてくるなり春の月

まつすぐに積木の前へ入園児

大朝寝してよくものの見ゆるなり

一湾をとり巻く松のみどりかな

麗かや追うても逃げぬ寺の鳩

多磨全生園二句

母は泣いて帰りしといふ桜かな

落花また望郷台に来て止まる

残る花散らして地球廻りをり
勢ひの余りて岸へあめんばう

曲りたる列の早苗も生きいきと
金色に植田を染めて日が沈む

棕櫚の花こぼれて人の名を忘れ

六月や水の匂ひの中に町

鳶が二羽飛ばされてゆく青嵐

さみだれに大きく口をあけて湖

その声のだれかに似たる梅雨鴉

舟を漕ぐ電車の客や梅雨深し

天守への狭き階段黴臭ふ

町涼し天守閣より見下ろせば

山深き岩ことごとく滴れる
神体としての一山したたれる

水が水を引つぱつてくる簗場かな

鈍行の揺れ心地よき帰省かな

音といふ音を呑み込み瀧落つる

大瀧を落つれば小さき川の水

大川の流れの止まる日の盛り

日焼け顔ほめてやりたき三児あり

吐く息は大きく深く今朝の秋

棟上げの棟梁鰯雲のなか

微かなる風をとらへて萩の揺れ

気ままなる風に従ひ萩の揺れ

人恋ふるやうに夕萩揺れやまず
稔り田も刈り取る人も美しく

掛けてゐる稲のたちまち乾きゆく

唐黍の鬚が八百屋の釣銭に

蜻蛉の行つては戻る無人駅

月明の海へ押し出す河の水

犬吠や大河のごとく霧流れ
沼走る夕霧神の息のごと

夕霧やたちまち隠す沼ひとつ

実石榴の忿怒の相に裂けにけり

対岸も華やぐ桜紅葉かな

粧へど古里の山みな低く

家ごとに柚子の輝く久慈の里
匆来とは淋しく木の葉散るところ

ひと時雨ありて艶めく出湯の町

冬晴や鳶が輪を描く城の上

冴ゆる眼の顔を離れてゆくごとし

枯蓮や日暮れの風の生きいきと

星の名を尋ねる吾子の息白し

山眠る高さを競ふこともなく

四、六根清浄

凡山が見えて整ふ初景色

笹鳴きに耳を澄ませばもう鳴かず

夕暮の風筋白く冴え返る

朽ちたると見えて一輪臥龍梅

野良猫となりて数多の恋をして
柳の芽はつきり見えて風やみぬ

一族の墓所《はかど》しづかに落椿

くれなゐは鎮めの色か落椿

草萌ゆる大地に境なかりけり

村挙げて消滅論議山笑ふ

城壁の如き会津の山笑ふ

世に疎く生きる仕合せ桃の花

春の雲しばらく金の鯱に
石垣の反り美しき桜かな

浮かるるも物を思ふも桜かな

てのひらがてのひらを恋ふ花の冷え

満開の花に隠れて沼ひとつ

花に降る雪に驚く虚子忌かな

さくらしべ庭いつぱいに雨あがる

飛んで来し蝶に色めく庭の花

稽古とは繰り返すことと鳥雲に

余震がまた会話を止める朧の夜

凡山の凡にあらざる新樹かな

かぐはしき新樹サラダにしたきほど

若さとは厄介なものの椎の花

輝ける神殿の朱や樟若葉

拭き清められし廻廊樟若葉

熊野路の風荒々し樟若葉

深々と風を受け入れ樟若葉

水よりもみづみづしきは樟若葉

泰山木花つけしまま伐られたり

水の星水の身体梅雨に入る

野に川に生気の満ちて梅雨に入る

天地の間ぼやけて梅雨に入る

森深く在します神や五月闇

六月や都会の川も川らしく

六月や稜線太き出羽の國

田のみどり山のみどりや出羽をゆく

薫風に色をつけたる野の起伏

水《すい》神《じん》の霊威畏《かしこ》き茂りかな

その声は彷徨へるものほととぎす

いつの間に黴がスーツにネクタイに

草いきれもろとも草を刈り飛ばす

降りそうで雨降りださぬ暑さかな

大樟の形崩さぬ日の盛り

樹々の間の松本楼の燈涼し

黒雲の喜雨とはならず去りにけり

雲の峰よく遊ぶ子に未来あれ

海に降る雨を見てゐる夏の果

萩叢を出て萩叢へ蜆蝶

代々の墓代々の曼珠沙華

墓原の夕べ明るき曼珠沙華

海ひろく空ひろく島さはやかに

木犀や今日より空気入れ替る

木犀も木犀の香も雨に濡れ
沈む日と同じ形の月出づる

ひろびろと月の道あり湖の上

大いなる暈《かさ》をひろげて月のぼる

大瀧の上に一村稲の秋

早苗より青く穭《ひつぢ》の生え揃ふ

山峡の稽田に日の惜みなく
人語めく鴉の声や秋の暮

鴉等と話してみたき秋の暮

そば咲くや険しき山に囲まれて

手の届きさうな雲あり蕎麦の花

清水の舞台に霧の出ては消え

ビルの燈の煌々として冷やかに

読み了へし戦記一巻蟲しぐれ

一筋の光りとなりて渡り鳥

絡まれし木の名は知らず蔦紅葉

片側は既に暮れたり谿紅葉

みづうみに紅葉かつ散る島ひとつ

秋ゆくや凹《へこ》むローマの石畳

異國より帰りてつつくおでんかな

生けるものみな息をして冬に入る

図書館の燈の美しき冬来る

呑みだせば止らぬ酒や神無月

親しきはいつも心に帰り花

打ち合へる木太刀の響き冬紅葉

冬もみぢ色を鮮《あら》たに雨あがる

柊の花ひそと咲きひそと散り
風が風を追いかけてゆく枯野かな

ももくさの一つの色に枯れにけり
真つ青に晴れて寒さは容赦なく

眼のなかに飛び込んでくる寒さかな

雨が雪に変り宴は酣《たけなは》に

はらわたに酒しみわたる霜夜かな

六根清浄六根清浄瀧凍る

極楽の文学と極楽の武道——少し長い後書

昨年末で会社勤めを終えたのですが、四十二年間も働いたのだから何か祝いをしたいと考え、句集を出すことにしました。その意味で退職自祝句集である拙著『樟若葉』には、一九八六（昭和六十一）年から今年まで三十五年間の作品から自選した三百十句を収めました。第一章は概ね最近五年間の句でまとめ、続く二～四章にはそれ以前の三十年間の句をほぼ十年ずつ三分し、古い順に掲載しました。収録句を季題別に整理したところ「樟若葉」の句が最も多かったことから、これを句集の表題にしました。

俳句を始めたのは、前橋支局に勤務していた一九八六年のことです。地元の俳人で俳誌「草林」を主宰されていた雨宮抱星先生に出会ったことがきっかけになりました。先生には最初、十句ほど作って郵送し、添削をしていただいていたのですが、ご返信には「感覚が新鮮」とか「表現が陳腐」といった批評の言葉が添えられており、喜んだり、がっかりしたりを繰り返すうちに、句会に参加し「草林」に投句をするようになりました。

東京転勤後、上村占魚先生の主宰する「みそさざい」に参加。占魚先生が病に倒れられ「みそさざい」が終刊になったあと、村松紅花先生の主宰する「雪」に入会しました。占魚先生は高浜虚子と松本たかしに、紅花先生は虚子と高野素十に師事された俳人で、紅花先生は俳文学者でもありました。その後、紅花先生は新たに「葛」を創刊されたのですが二〇〇九（平成二十一）年に逝去され、後継者の山元土十先生も一七年に他界されました。現在は「葛」の真下鮒先生と小林敏朗先生のご指導を受けています。最も長く関わったのは勤め先の東京新聞の有志でつくる「百花」です。指導者を持たぬ超結社の句会で、一九八九（平成元）年から退社するまで三十年間お世話になりました。これまで六人の師から懇切なご指導を賜り、多数の友とともに長年にわたって句会を楽しむことができたのはとても有難いことでした。

本書に収録する句を選ぶ作業をしていると、毎年同じように、四季の移り変わりや日常の思いを詠んできたことがわかり、少しく感慨を覚えました。そんな句の中に出てくる「初稽古」や「寒稽古」というのはすべて合気道の稽古で、「師」

は多田宏師範（九段）です。合気道は一九七三（昭和四十八）年の大学入学と同時に多田先生に師事し、卒業後は主に東京・吉祥寺の月窓寺道場で稽古を続けてきました。多田先生が満九十歳の今も大変お元気で、日々情熱的な指導をしてくださっているのは嬉しい限りです。

句歴は三十五年、合気道歴は四十七年になるのですが、この二つ、縁が無さそうで通じ合うところもあります。武道の伝書である沢庵禅師の『不動智神妙録』に「一所に定り留りたる心は自由に働かぬなり」とあるように、合気道で重要なことは何かに心を留めないこと、執着しないことです。心が自由でなければ体を自由に働かすこともできません。従って、状況を正確に把握しながら、それにとらわれずに自在に動けるようになることが稽古の目標になります。俳句でも既成の観念にとらわれていると新たな発見は望めず、優れた五七五の絵筆を持っていても、心が自由でなければそれを十分に活かすことは難しいでしょう。

また、合気道の開祖・植芝盛平先生が「真の武道とは宇宙そのものと一つになることだ、宇宙の中心に帰一することだ」（『合気神髄』）という言葉を残されていますが、これは「造化にしたがひ、造化にかへれ」という芭蕉の教えと重なります。諸芸行き着くところは同じであると言えばそれまでですが、興味をひかれるところです。

虚子は、花鳥諷詠の文学である俳句は勢い「極楽の文学」になると説きました。いかに窮乏生活をしていても病苦に悩んでいても、ひとたび心を花鳥風月に寄せることによって、その生活苦を忘れ病苦を忘れ、ほんのわずかな時間であっても極楽の境に心を置くことができると言うのです。一方、呼吸法と気の錬磨を基本にした稽古法を確立された多田先生は合気道について、いのちの力を高めるとともにその使い方の法則を身につけ、それを日常生活に活かす武道であると説明されています。実際、仕事などでどんなに疲れていても、何か気のふさぐことがあっても、ひとたび稽古をして汗を流せばたちまち身が軽くなり、心が晴々として明日への力が湧いてきます。俳句が「極楽の文学」であるなら、合気道は「極楽の武道」であると言えるでしょう。二つの「極楽」を知り、その世界に浸って半生を送ってこられたのは幸せなことであったと思っています。

出版にあたってお世話になった深夜叢書社の社主・齋藤愼爾さんと制作担当の高林昭太さんに心より感謝を申し上げます。

二〇二〇年十月十日

後藤帰一

季題別索引

＊五十音順、季題の下の春・夏・秋・冬・新年は該当する季節、下の数字は掲載頁。
＊句は歴史的仮名遣いだが、本索引の季題の読みは現代仮名遣いで表記。

あ行

青嵐（あおあらし）**夏**
鳶が二羽飛ばされてゆく青嵐　一〇五
秋暑し（あきあつし）**秋**
勇ましき言葉はびこり秋暑し　四〇
秋高し（あきたかし）**秋**
秋高し転び上手に歩きそむ　八一
鳶の輪の上に鳶の輪秋高し　八一
秋高しラインの岸を牛の群　八三
秋の蚊（あきのか）**秋**
湧水の豊かに秋の蚊もどつと　七六
秋の暮（あきのくれ）**秋**
人語めく鴉の声や秋の暮　一五七
鴉等と話してみたき秋の暮　一五八
秋の声（あきのこえ）**秋**
雨音の裏側に聞く秋の声　八四
秋の蟬（あきのせみ）**秋**
秋蟬の声の昂ぶりては細り　三八
秋の蝶（あきのちょう）**秋**
薄き身を風に任せて秋の蝶　四〇
一草もなき火の山に秋の蝶　七九
秋日和（あきびより）**秋**
がじゆまるの気根の乾く秋日和　七九
揚羽蝶（あげはちょう）**夏**

昇魂之碑の上にまた黒揚羽　五八
朝寝（あさね）**春**
大朝寝してよくものの見ゆるなり　九九
暖か（あたたか）**春**
暖かや母が笑へば子が笑ひ　六二
海山の睦みて伊豆は暖かし　六四
温め酒（あたためざけ）**秋**
よき言葉こころに酒を温めむ　四二
暑さ（あつさ）**夏**
みどりごの乳房はきだす暑さかな　七五
降りさうで雨降りださぬ暑さかな　一四八
あめんばう（あめんぼう）**夏**
勢ひの余りて岸へあめんばう　一〇二
息白し（いきしろし）**冬**
息白し血の気の多き身より出て　八七
星の名を尋ねる吾子の息白し　一二三
銀杏落葉（いちょうおちば）**冬**
一院を埋める銀杏落葉かな　四八
銀杏黄葉（いちょうもみじ）**秋**
ジパングの都の銀杏黄葉かな　四四
稲（いね）**秋**
大瀧の上に一村稲の秋　一五六
稲掛（いねかけ）**秋**
掛けてゐる稲のたちまち乾きゆく　一一五
稲刈（いねかり）**秋**
稔り田も刈り取る人も美しく　一一四
鰯雲（いわしぐも）**秋**
棟上げの棟梁鰯雲のなか　一一二
植田（うえた）**夏**
帰国子に植田の風のすがすがし　七二
金色に植田を染めて日が沈む　一〇三
梅（うめ）**春**
白梅や道の入り組む城下町　一五
子規句碑に紅白の梅枝のばす　九四
濃く淡く三千本の梅匂ふ　九四
吹かれても吹かれても梅香を放つ　九五
朽ちたると見えて一輪臥龍梅　一二八
梅の実（うめのみ）**夏**
行ならむ実梅の雨に打たるるは　三〇
麗か（うららか）**春**
麗かや追うても逃げぬ寺の鳩　一〇〇
恵方（えほう）**新年**

恵方へとそれぞれ己が影を曳き　九二

炎天（えんてん）**夏**
炎天に風吹く隙間なかりけり　七四

白粉の花（おしろいのはな）**秋**
いろいろに咲くおしろいの花の色　三九

落鮎（おちあゆ）**秋**
落鮎を焼く黄昏の川原かな　四三

おでん・冬
異國より帰りてつつくおでんかな　一六三

朧（おぼろ）**春**
余震がまた会話を止める朧の夜　一三七

か行

帰り花（かえりばな）**冬**
親しきはいつも心に帰り花　一六五

柿（かき）**秋**
日を吸うて熟柿いよいよ膨れたる　八四

風薫る・薫風（かぜかおる・くんぷう）**夏**
風薫る赤子泣いても笑つても　二六
道場は禅寺のなか風薫る　六八
薫風に色をつけたる野の起伏　一四六

黴（かび）**夏**
雨音を聞いて一日黴の宿　二八
天守への狭き階段黴臭ふ　一〇七
いつの間に黴がスーツにネクタイに　一四七

亀鳴く（かめなく）**春**
無為不言無為不言とぞ亀の鳴く　二三

烏瓜（からすうり）**秋**
烏瓜日のある限り日のなかに　八六

雁渡る（かりわたる）**秋**
ポツダムのビルの弾痕雁渡る　八二

榠樝の実（かりんのみ）**秋**
横向きに仏頂面の榠樝の実　八五

枯木（かれき）**冬**
一木も残さず枯れて清々し　四八

枯草（かれくさ）**冬**
ももくさの一つの色に枯れにけり　一六八

枯桑（かれくわ）**冬**
墳丘は削られ桑は枯れ果てて　六〇

枯野（かれの）**冬**
風が風を追いかけてゆく枯野かな　一六七

枯蓮（かれはす）**冬**
枯蓮や日暮れの風の生きいきと　一二二
蛙（かわず）**春**
蛙鳴く水郷の夜を揺るがして　九八
寒禽（かんきん）**冬**
群るることなき寒禽の声高く　一二
寒稽古（かんげいこ）**冬**
始まればたちまち無心寒稽古　一一
見るひとも膝を崩さず寒稽古　一一
閑古鳥（かんこどり）**夏**
牛のやうに歩く牛飼ひ閑古鳥　五六
神無月（かんなづき）**冬**
呑みだせば止らぬ酒や神無月　一六五
喜雨（きう）**夏**
黒雲の喜雨とはならず去りにけり　一五〇
帰省（きせい）**夏**
鈍行の揺れ心地よき帰省かな　一〇九
北風（きたかぜ）**冬**
北風の磨きあげたる空の青　八八
胡瓜（きゅうり）**夏**
胡瓜もむ曲るも育ち過ぎたるも　三一
虚子忌（きょしき）**春**
花に降る雪に驚く虚子忌かな　一三五
霧（きり）**秋**
犬吠や大河の如く霧流れ　一一七
沼走る夕霧神の息のごと　一一七
夕霧やたちまち隠す沼ひとつ　一一八
清水の舞台に霧の出ては消え　一五九
草刈（くさかり）**夏**
草いきれもろとも草を刈り飛ばす　一四八
草の絮（くさのわた）**秋**
草絮の飛べるカルデラ径六里　八〇
嚏（くさめ）**冬**
嚏して開く貧乏物語　五〇
樟若葉（くすわかば）**夏**
樟若葉神苑の気を一新す　二五
生きかはる鎮守の神や樟若葉　二五
輝ける神殿の朱や樟若葉　一三九
拭き清められし廻廊樟若葉　一四〇
熊野路の風荒々し樟若葉　一四〇
深々と風を受け入れ樟若葉　一四一
水よりもみづみづしきは樟若葉　一四一

雲の峰（くものみね）**夏**
雲の峰よく遊ぶ子に未来あれ　一五〇
桑摘（くわつみ）**春**
桑を摘む音の近づき遠ざかり　五六
今朝の秋（けさのあき）**秋**
吐く息は大きく深く今朝の秋　一一二
透明な心とからだ今朝の秋　三七
今朝の春（けさのはる）**新年**
湧水の清き音立て今朝の春　九
子雀（こすずめ）**春**
子雀を見てゐれば来る親雀　二二
小鳥（ことり）**秋**
来る気配ありて小鳥の来りけり　四三
木の葉散る（このはちる）**冬**
時はとどまらず木の葉は散りしきる　四六
武蔵野の木の葉一気に散り尽くす　四七
木の葉散り尽くして空の深々と　四七
桑の葉の散るや淋しき音を立て　五九
勿来とは淋しく木の葉散るところ　一二〇
辛夷（こぶし）**春**
高々と辛夷が村の入口に　一七

さ行

冴え返る（さえかえる）**春**
宴果て冴え返る夜となりにけり　六四
一番星爛々として冴え返る　九三
夕暮の風筋白く冴え返る　一二八
桜（さくら）**春**
日が落ちて何かが宿る桜かな　一九
母は泣いて帰りしといふ桜かな　一〇一
石垣の反り美しき桜かな　一三三
浮かるるも物を思ふも桜かな　一三四
さくらしべ庭いつぱいに雨あがる　一三六
桜烏賊（さくらいか）**春**
水槽に踊る一日桜烏賊　六七
桜紅葉（さくらもみじ）**秋**
対岸も華やぐ桜紅葉かな　一一九
石榴（ざくろ）**秋**
実石榴の忿怒の相に裂けにけり　一一八
笹鳴（ささなき）**冬**
笹鳴きに耳を澄ませばもう鳴かず　一二七

五月闇（さつきやみ）**夏**
森深く在します神や五月闇　一四四
早苗（さなえ）**夏**
曲りたる列の早苗も生きいきと　一〇三
五月雨（さみだれ）**夏**
五月雨や一基欠けたる古墳群　七一
さみだれに大きく口をあけて湖　一〇五
寒さ（さむさ）**冬**
真つ青に晴れて寒さは容赦なく　一六八
眼のなかに飛び込んでくる寒さかな　一六九
冴ゆる（さゆる）**冬**
冴ゆる眼の顔を離れてゆくごとし　一二二
爽やか（さわやか）**秋**
爽やかや師の技四方八方に　六八
海ひろく空ひろく島さはやかに　一五三
秋刀魚（さんま）**秋**
姿よき秋刀魚の焼かれ昼の酒　七八
椎の花（しいのはな）**夏**
手より砂こぼるるやうに椎落花　七〇
若さとは厄介なもの椎の花　一三九
鹿（しか）**秋**
鹿の糞踏みつつ黄金山詣　七七
だしぬけに山毛欅の陰より鹿の角　七七
時雨（しぐれ）**冬**
駅前を人の去りゆく時雨かな　四九
まだ道をゆく人のあり小夜時雨　五〇
ひと時雨ありて艶めく出湯の町　一二一
茂り（しげり）**夏**
水神の霊威畏き茂りかな　一四六
蜆（しじみ）**春**
無事に過ぐ日々こそよけれ蜆汁　一六
滴り（したたり）**夏**
山深き岩ことごとく滴れる　一〇八
神体としての一山したたれる　一〇八
下萌・草萌（したもえ・くさもえ）**春**
下萌や主に似たる犬の顔　九五
草萌ゆる大地に境なかりけり　一三一
清水（しみず）**夏**
杉の香や含めば甘き苔清水　六七
霜夜（しもよ）**冬**
はらわたに酒しみわたる霜夜かな　一七〇
秋水（しゅうすい）**秋**

秋水を滑るがごとく鮠の群　七八
十薬（じゅうやく）**夏**
十薬の一花を活けて部屋を出ず　二七
秋霖（しゅうりん）**秋**
秋霖やものを思へばきりもなく　四二
秋冷・冷やか（しゅうれい・ひややか）**秋**
親不知抜いて秋冷ひしひしと　八五
ビルの燈の煌々として冷やかに　一六〇
淑気（しゅくき）**新年**
淑気身にまとひ卒寿の師の演武　一〇
棕櫚の花（しゅろのはな）**夏**
棕櫚の花こぼれて人の名を忘れ　一〇四
春雪（しゅんせつ）**春**
春雪の泥を飛ばして空のバス　五五
春眠（しゅんみん）**春**
禁戒にあらず春眠貪るは　一八
新樹（しんじゅ）**夏**
凡山の凡にあらざる新樹かな　一三八
かぐはしき新樹サラダにしたきほど　一三八
深秋（しんしゅう）**秋**
深秋や床板きしむゲーテ館　八三
新涼（しんりょう）**秋**
新涼やさらさらと血の流れたる　三八
芒（すすき）**秋**
穂芒や馬優先の阿蘇の道　八〇
涼し・涼み（すずし・すずみ）**夏**
過不足がなくて涼しき話かな　三一
夕涼み水の匂ひのする方へ　三三
満天の星の涼しき船の旅　七二
町涼し天守閣より見下ろせば　一〇七
樹々の間の松本楼の燈涼し　一四九
蟬（せみ）**夏**
蟬鳴くや腹を凹ませ膨らませ　三四
めいめいに啼いて一つに蟬の声　三五
蓋世の気を以て鳴けり油蟬　三五
火のつきしやうにみんみん啼きだしぬ　三六
蟬しぐれ小さな森を膨らます　七三
早梅（そうばい）**冬**
早梅のささやくやうに香を放つ　一三
蕎麦の花（そばのはな）**秋**
そば咲くや険しき山に囲まれて　一五八
手の届きさうな雲あり蕎麦の花　一五九

た行

泰山木の花（たいさんぼくのはな）**夏**
泰山木花つけしまま伐られたり　一四二
瀧（たき）**夏**
音といふ音を呑み込み瀧落つる　一一〇
大瀧を落つれば小さき川の水　一一〇
瀧凍る（たきこおる）**冬**
六根清浄六根清浄瀧凍る　一七〇
探梅（たんばい）**冬**
探梅や小流れに沿ひ雲を追ひ　一二
チューリップ（ちゅうりっぷ）**春**
チューリップひとびとはみな笑ひける　六六
蝶（ちょう）**春**
飛んで来し蝶に色めく庭の花　一三六
月（つき）**秋**
月清し玄奘像の歩むかに　六五
月明の海へ押し出す河の水　一一六
沈む日と同じ形の月出づる　一五四
ひろびろと月の道あり湖の上　一五五
大いなる暈をひろげて月のぼる　一五五
つくつく法師・法師蟬（つくつくぼうし・ほうしぜみ）**秋**
勢ひをつけてつくつく法師かな　三七
法師蟬しまひは経を省くかに　七六
蔦紅葉（つたもみじ）**秋**
絡まれし木の名は知らず蔦紅葉　一六一
霾る（つちふる）**春**
霾るや途切れ途切れに鳶の笛　九六
椿（つばき）**春**
一族の墓所しづかに落椿　一三〇
くれなゐは鎮めの色か落椿　一三〇
梅雨（つゆ）**夏**
須磨明石までは読みたる梅雨籠り　二八
木も草も黒々として梅雨長し　二九
はひはひのすぐ行き止り梅雨の宿　七〇
その声のだれかに似たる梅雨鴉　一〇六
舟を漕ぐ電車の客や梅雨深し　一〇六
梅雨あがる（つゆあがる）**夏**
あるだけの雨を降らせて梅雨あがる　三二
梅雨に入る（つゆにいる）**夏**
水の星水の身体梅雨に入る　一四二

野に川に生気の満ちて梅雨に入る　一四三
天地の間ぼやけて梅雨に入る　一四三
梅雨晴（つゆばれ）**夏**
梅雨晴や子等も蝶々も原つぱに　二九
唐黍（とうきび）**秋**
唐黍の鬚が八百屋の釣銭に　一一五
年の夜（としのよ）**冬**
年の夜の時の流れの見ゆるかに　五二
栃の花（とちのはな）**夏**
遠目にも清々しきは栃の花　二四
土用蜆（どようしじみ）**夏**
遠来の客に土用の蜆汁　三四
鳥雲に入る（とりくもにいる）**春**
稽古とは繰り返すこと鳥雲に　一三七
鳥交る（とりさかる）**春**
鳥交る人間ゐてもゐなくても　一九
蜻蛉（とんぼ）**秋**
蜻蛉の行つては戻る無人駅　一一六

な行

夏燕（なつつばめ）**夏**
暮れ残る空縦横に夏燕　三一
夏の果（なつのはて）**夏**
海に降る雨を見てゐる夏の果　一五一
入園児（にゅうえんじ）**春**
まつすぐに積木の前へ入園児　九九
葱（ねぎ）**冬**
葱を抱く後ろ姿の美しく　八八
葱坊主（ねぎぼうず）**春**
葱坊主小島の空の大いなる　六六
猫の恋（ねこのこい）**春**
野良猫となりて数多の恋をして　一二九
猫柳（ねこやなぎ）**春**
よき流れにはよき調べ猫柳　一三
根深汁（ねぶかじる）**冬**
上州の風にも慣れて根深汁　六〇
凌霄の花（のうぜんのはな）**夏**
凌霄や子に食休みなどはなく　七三

残る花（のこるはな）**春**
残る花散らして地球廻りをり　一〇二
野焼（のやき）**春**
人の眼の火の色となる野焼かな　一四

は行

萩（はぎ）**秋**
微かなる風をとらへて萩の揺れ　一一三
気ままなる風に従ひ萩の揺れ　一一三
人恋ふるやうに夕萩揺れやまず　一一四
萩叢を出て萩叢へ蜆蝶　一五一
芭蕉忌（ばしょうき）**冬**
老いてなほ求むる新味芭蕉の忌　四九
初鰹（はつがつお）**夏**
ただ厚く切るのが流儀初がつを　二六
初稽古（はつげいこ）**新年**
師の声に力のこもる初稽古　一〇
二時間の禅に始まる初稽古　六九
初景色（はつげしき）**新年**
凡山が見えて整ふ初景色　一一七
初雀（はつすずめ）**新年**
幸福の國の使者かも初雀　九一
初夏（はつなつ）**夏**
初夏の風の萬里を行くごとし　二四
初日（はつひ）**新年**
動くもの動かぬものに初日影　九
初御空（はつみそら）**新年**
大いなる鳶の輪ひとつ初御空　九一
花（はな）**春**
咲く花の色に明治の赤煉瓦　五五
満開の花に隠れて沼ひとつ　一三五
花の雨（はなのあめ）**春**
喧噪を断つて一院花の雨　六五
花冷え（はなびえ）**春**
もろもろの音の消えゐし花の冷え　九七
てのひらがてのひらを恋ふ花の冷え　一三四
花見（はなみ）**春**
花を見て花に浮かるる人を見て　二〇
蛤（はまぐり）**春**
見事なる蛤一つ潮汁　一七
春風（はるかぜ）**春**

東京に原つぱ残り春の風　一五
春雨（はるさめ）**春**
傘をさす手の美しき春の雨　一八
春雨に濡れておのおの句座につく　九七
春時雨（はるしぐれ）**春**
奥多摩の山むらさきに春しぐれ　六三
砂浜を濡らして海へ春しぐれ　九六
春立つ（はるたつ）**春**
春立つや子に美しき蒙古斑　六二
春の蚊（はるのか）**春**
春の蚊を侮りをれば刺しに来し　二三
春の雲（はるのくも）**春**
春の雲しばらく金の鯱に　一三三
春の月（はるのつき）**春**
心まで濡れてくるなり春の月　九八
春めく（はるめく）**春**
春めくや麒麟の顔は風のなか　六三
柊の花（ひいらぎのはな）**冬**
柊の花ひそと咲きひそと散り　一六七
日盛り（ひざかり）**夏**
半眼で信号を待つ日の盛り　三三
日盛りに出てわが心とり戻す　七四
大川の流れの止まる日の盛り　一一一
大樟の形崩さぬ日の盛り　一四九
穭・穭田（ひつじ・ひつじだ）**秋**
早苗より青く穭の生え揃ふ　一五六
山峡の穭田に日の惜みなく　一五七
日向ぼこ（ひなたぼこ）**冬**
日向ぼこ明日のことは考へず　五一
日焼（ひやけ）**夏**
日焼け顔ほめてやりたき三児あり　一一一
藤（ふじ）**春**
山荒れて藤生きいきと木に絡む　二二
冬来る・今朝の冬・冬に入る（ふゆきたる・けさのふゆ・ふゆにいる）**冬**
東京の空まさをなる冬来る　四五
丹田に満つる力や今朝の冬　四五
生けるものみな息をして冬に入る　一六四
図書館の燈の美しき冬来る　一六四
冬銀河（ふゆぎんが）**冬**
話したき人は遠くに冬銀河　五一
冬の蚊（ふゆのか）**冬**

冬の蚊に話折られし二人かな　八七
冬晴（ふゆばれ）**冬**
冬晴や鳶が輪を描く城の上　一二一
冬紅葉（ふゆもみじ）**冬**
打ち合へる木太刀の響き冬紅葉　一六六
冬もみじ色を鮮たに雨あがる　一六六
ほととぎす・夏
その声は彷徨へるものほととぎす　一四七

ま行

松の緑（まつのみどり）**春**
一湾をとり巻く松のみどりかな　一〇〇
曼珠沙華（まんじゅしゃげ）**秋**
代々の墓代々の曼珠沙華　一五二
墓原の夕べ明るき曼珠沙華　一五二
水澄む（みずすむ）**秋**
澄む水の流れに沿ひて人住める　四一
水鉄砲（みずでっぽう）**夏**
浴槽の底に水鉄砲が二丁　七一
緑（みどり）**夏**
田のみどり山のみどりや出羽をゆく　一四五
麦の秋（むぎのあき）**夏**
抱けばすぐ眠る赤子や麦の秋　三〇
麦焼（むぎやき）**夏**
麦焼のけむり榛名の雲となる　五七
蟲（むし）**秋**
読み了へし戦記一巻蟲しぐれ　一六〇
木犀（もくせい）**秋**
木犀や今日より空気入れ替る　一五三
木犀も木犀の香も雨に濡れ　一五四
紅葉（もみじ）**秋**
片側は既に暮れたり谿紅葉　一六二
紅葉かつ散る（もみじかつちる）**秋**
紅葉かつ散りて大気は澄み渡り　四四
みづうみに紅葉かつ散る島一つ　一六二
紅葉散る（もみじちる）**冬**
おのが色極めて紅葉散りにけり　四六
桃（もも）**秋**
一箱の桃の匂ひが部屋中に　三九
桃の花（もものはな）**春**
世に疎く生きる仕合せ桃の花　一三一

や行

灼く（やく）**夏**
山は灼け香煙いたるところより　五八

簗（やな）**夏**
水が水を引つぱつてくる簗場かな　一〇九

柳の芽（やなぎのめ）**春**
川少しきれいになりぬ柳の芽　一四
柳の芽はつきり見えて風やみぬ　一二九

山桜（やまざくら）**春**
おのおのの色もて群れず山桜　二〇

山眠る（やまねむる）**冬**
祀られぬ神を抱いて山眠る　五二
山眠る高さを競ふこともなく　一二三

山法師（やまぼうし）**夏**
まつろはぬ民の地ここに山法師　二七

山粧ふ（やまよそおう）**秋**
粧へど古里の山みな低く　一一九

山笑ふ（やまわらう）**春**
ねばならぬことのあれこれ山笑ふ　一六
村挙げて消滅論議山笑ふ　一三一
城壁の如き会津の山笑ふ　一三二

破れ芭蕉（やればしょう）**秋**
日と風に遊んで芭蕉破れそむ　八六

夕焼（ゆうやけ）**夏**
夕焼くる尾根の墓標にひとびとに　五九

雪（ゆき）**冬**
さえざえと雪の石門ありにけり　六一
奇峰いま霊峰として雪まとふ　六一
雨が雪に変り宴は酣に　一六九

雪達磨（ゆきだるま）**冬**
雪だるま一つを残し雪解けぬ　九三

行秋（ゆくあき）**秋**
秋ゆくや凹むローマの石畳　一六三

柚子（ゆず）**秋**
家ごとに柚子の輝く久慈の里　一二〇

夜長（よなが）**秋**
長き夜を玩具の電車廻りをり　八二

夜の秋（よるのあき）**夏**
母と子の寝息は一つ夜の秋　七五

ら行

落花・散る桜・散る花（らっか・ちるさくら・ちるはな）**春**
散るさくら風がやんでも散りやまず　二一
散る花に潔さなど求めざる　二一
受身とる畳に落花二三片　六九
落花また望郷台に来て止まる　一〇一

老鶯（ろうおう）**夏**
老鶯の谷間は空家ばかりなり　五七

臘梅（ろうばい）**冬**
臘梅のとろけさうなる日和かな　九二

六月（ろくがつ）**夏**
六月や水の匂ひの中に町　一〇四
六月や都会の川も川らしく　一四四
六月や稜線太き出羽の國　一四五

わ行

病葉（わくらば）**夏**
暗き空より病葉がまた一つ　三六

渡り鳥（わたりどり）**秋**
一筋の光りとなりて渡り鳥　一六一

吾亦紅（われもこう）**秋**
この峠越えれば尾瀬や吾亦紅　四一

後藤帰一（ごとう・きいち、本名・喜一）

一九五四年、茨城県生まれ。早稲田大学政治経済学部卒。七八年、中日新聞社に入社。八八年から東京本社（東京新聞）文化部で主に文芸を担当。文化部長、編集委員などを務め、二〇一九年末に退社。

前橋支局在勤中の一九八六年、地元の俳誌「草林」に入会して句作を始める。東京転勤後、「みそさざい」「葛」などに参加。八九年から退職するまで会社内の超結社句会「百花」で活動した。

現在、合気道七段、早稲田大学合気道会師範。東京都武蔵野市在住。

句集　樟若葉

二〇二〇年十一月三十日　発行

著　者　後藤帰一
発行者　齋藤愼爾
発行所　深夜叢書社
〒一三四―〇〇八七
東京都江戸川区清新町一―一―三四―六〇一
info@shinyasosho.com

印刷・製本　株式会社東京印書館

©2020 by Goto Kiichi, Printed in Japan
ISBN978-4-88032-464-7 C0092
落丁・乱丁本は送料小社負担でお取り替えいたします。